情文

陳綺‧著

如果要問天　一定是無語的　天使故意誤點
好讓我們　不可能與可能之間追不上年老

序

淚　一遍又一遍　回味你用眸光　為我速寫的世界

想念是無法被輕易抹去的視線

對於不存在的事實　很難再給一個理由

我把記憶　儲藏在　一行行詩中

我們走過的路線與行程　都在自己的幻象裡

你不太在乎的世界　卻是我守候已久的世界

我們往往　只能在文字中　找到彼此的真實感

偉大的愛情苦難　驅逐　符咒般的一生

幸福　或許　都只能是空想的了

我們剩下　逆著時間的未來

被書寫的我和你　在每一首詩的行徑中　如此輝煌

堅決的等待　佇立在黑暗裡

請容我收集　顆顆飽滿狂妄的淚

MY DEAR　請別在意　我凌亂的獨白

也不要問我　在愛情的國度裡　我何時將覺悟甦醒

用我的深情　我會努力拉近　定在前世的距離

你所不知道的傷感　仍然尋不到　最終靠岸的港

紋烙在我瞳眸的你　佔據了我心房

有你的生命在這裡　我寒冽的憂傷　不再驚慌而逃

有一天　美麗的情詩　終將幻滅

相思也躲不過　寂寞的負荷

情文

我會挺著　不讓生命在艱難的情淵失足

就算看不見的悲傷　已踏近死亡

我會在　沒有虛與無的永恆之中

試著去愛　試著去希望　每一個夢想

如同淚滴般的萬斗星　不能背離　命運的安排

芒草正抽長著　美麗的時光

我不會在意　這世界為我們帶來的悲劇

我感恩的淚　在你心田裡　已落地生根

終究　我將收起種種無奈

代你走完　世界的盡頭

陳綺　2009

情文

目次
CONTENT

003　序
011　星星的旅程
013　更遠的地方
015　情文
017　殘章
019　虛擬境
021　飄渺
023　遠景
025　變奏曲
027　淪亡
029　盡頭
031　來不及起飛的夢
033　迷情
035　相欠
037　心痛

039　旅人心

041　在你遙遠的地方

043　遺失的夢

045　深埋

047　褪

049　短暫

051　遺失的時空

053　思魂落魄

055　找尋

057　續寫

059　思魂

061　在夢土上

063　回途

065　註定的故事

067　未了

情
文

069 距離

071 封鎖

073 夢得

075 續命

077 不間斷的路

079 夢

081 情深

083 相隔

085 灰白的季節

087 答案

089 飛翔的幸福

091 尾聲

093 最後、抵達

095 後記

DEAR POETRY

謝謝你　在未知的另一個世界

透過你　我可以潛入他的夢鄉

透過你　我可以告訴他

我的期待　我的想像　我的夢想

雖然他從不曾努力地想起我

情文

星星的旅程

希望的微光
生存在
生命的邊角

　輕落的雨絲
　留下了承諾

　有深度的傷痕
　隱沒在
　不曾落幕的塵埃

我的生命　我的羽翼　我的來去　隨時在幻滅

太遙遠的想念　仍在心中交疊

昏夜的燈　浪裡的驚濤　原本是很自在的

情文

更遠的地方

冷冷的窗
不再凝望
昏夜的海星

　謊言的羽翼
　仍尋不到
　秋的心湖

最真的笑容　會帶給每一個人最初的感動
生命有時總是很刻意錯過指定的題目　你要找回嗎？
我藏在淚裡的每一字無奈

情
文

情文

湍急的時間
陷沒在
黃昏的渡口

滿帆的憂傷
已出航

點燃
熾熱的牽絆

滄桑的歲月
流浪在
我漂流的情文

人們說　有顆真心的人　永遠找不到翅膀

我們的約期　找不到適合的歸土

多希望你也一起看清　我心流著的那鮮紅的情……

情文

殘章

時光持續
隨著沿線起伏

灰燼的夢
仍未到達
瞬逝與永在的世界

激情的海灘
等待著
漂泊的浪花

失落的泡影
凝結在
在我們前身
真實的距離

想把屬於我們的一切　拋向世界
我沒有不覆存的記憶　只是再有魔力的真實
往往像流星一樣　消失的措手不及

情
文

虛擬境

心靈遺憾的響曲
流轉在
落葉的回音裡

你隱密的步履
吹奏
黃昏遺落的身影

匆匆飛逝的光陰
一再演繹
屬於我們的曾經

這是一段很長的故事　我的時間裡只剩下一個名字了

MY DEAR　謝謝你作我永遠的天使

將你的表情　留在我的腦海

我們熟悉而未曾謀面的愛　聽說已長眠於永恆之地

情
文

飄渺

秋芒輕輕揮落
沒有怨恕的華年

　我們的魂魄
　只守住了
　愛情頁外的斑駁

揮別仍舊不斷想起的惆悵　為每一個傷口選擇遺忘
我們的注定　當作是過客一場
我是你不經意隨行中　最為沉重的行囊

情
文

遠景

重生如一季紅
劃破
空垂的窗

　迴旋的風
　騰出
　各自的星宿

　　相等生命的路程
　　漫長度過
　　無法言語的今世

我們是事發當下的局外人

最深遠的期待還是　彼此一定要幸福

讓悲喜與愛恨都飄零在鼎沸的山巔

情
文

變奏曲

季節的情景
盤旋在
歲月的足跡

飄零的故事
放映著
不能帶走的
一個個心事

血與淚
鎮壓著
風中的吶喊

每一個無力抵抗的言語
再也沒有足夠的堅強
尋找
飛翔的旅人

偉大的勇氣總是會幻滅

我不再向你索取一把生命的鑰匙

也不會再有能力編織

我們下一幕的戲台

情
文

淪亡

時光
微微湧出
稜線起伏的輪廓

　我美麗的痛楚
　墜毀在
　劫難不斷的愛情裡

MY DEAR

背包裡的秘密　越來越傷痛

生命中不被聞問　卻靜靜存在著一份遺憾

那些預料之外的茫然　漸漸擁擠在

即將展開的一段旅程

情
文

盡頭

我的愛

經不起計算

偶爾生存在

鬼哭神號的縫隙中

雲不願收容

風不肯帶走

只好等在

你無法前進的來世

MY DEAR

希望你能無憂無慮地愛上　你心中的每一個夢想

承諾你　儘管會傷會痛　儘管沒有你的呵護

任何可以代表你的紀念品　我將用全部的生命

守護一輩子

情文

六月的雪
總不安歇地飄下

海洋為落幕的黃昏
拭去淚痕

夢已灰燼

現實與真實
離我們千里

傳說都被時間澆熄了

情感的刻度
踩著自己的起點

那一段不被翻閱的隱藏
正上演一齣
愛情的悲劇

來不及起飛的夢

我們相互依賴的奇蹟　始終不滅

為你為我

愛情必須在　渴望而漫長的夢境中實現

情
文

迷情

心痛的淚落在
每個音符之間

　記憶皺摺裡的
　千言萬語
　藏著
　一世間的情感

在那遙遠的星空裡　我們失去了
那份悸動　那份驚喜
或許在太陽沉沒之處　或許在海洋的彼岸
我會留下　尚未整理過的心事

情
文

相欠

寂寞交響曲停奏

　華麗的容貌
　已處於
　強顏歡笑的偽裝

　愛
　　聽說落在黃昏的深處

　　起點和終點留下
　　拒絕痊癒的傷痛

擁抱或分離　不過是場騙局嗎？

人群之中　我所發現的得到和失去　全是你

或許是夢太長　未乾的露　還沒有聽完我們的故事

情
文

心痛

來自
幽暗夜裡的生姿

　一擺
　一盪
　創造了

　　　無
　　　　藥
　　　　　癒
　　　　　　的
　　　　　　　痛

最美的相聚是在你掌心的日子
你是我始終堅定到老的結局
依戀是一條多麼迢遙變幻的道路

情
文

旅人心

長長一生
在時間的角落

自由的風
拾起
跌落的花瓣

冷冷的月光
迴旋在
無色的夜中

荒雲蔓生的情牽
雕造著
慢慢老去的傷痕

望著你的人　你的眼眸　卻洩漏了心碎的結局
請別忘了我開滿薔薇的矜持　你最懂
我從不憎恨這一切
只想選擇靜靜走到盡頭

情
文

在你遙遠的地方

等待是
牆角的斑斕

深陷在
不懂得去提防的
感傷裡

MY DEAR

如果你願意

請飛向我強烈靜止的時間裡

一切與你有關的風景

我一無所有　因為

你是一座　虛空的彩虹

情
文

遺失的夢

帶上面具的死神
失去方向地飛行
可能的路徑
越走越遠

距離割傷
叛變的時間

靜止在深夜的鐘擺
無法敲響
愛情失衡的故事

如果要問天　一定是無語的

天使故意誤點　好讓我們

不可能與可能之間追不上年老

情
文

深埋

等待是愛情
無法寫盡的依附

在迷途中
用殘留的記憶
埋葬
未完成的宿願

想像是忘了飛翔的偽裝

MY DEAR

擁有你的回憶　已選定了行程

就算是永不回航的單程　就這麼前往吧！

情
文

褪

用風的沉重

框住那

錯過的約期

　讓眼裡和夢裡

　想像的天堂

　失去

　無法相連的承諾

我的追尋　在忘與失的幻滅裡

把愛繫上你虛空的天堂　那曲初戀

就播放在　你封閉的神話裡

情
文

短暫

沒有一點浪跡
可以回想起
從光的背後
沉落的新日

時間沖刷去
找不到一點空隙的命運

短暫的相遇
弔唁著
從前世到今生
觸及不到兩端的我們

你說我沒有等待的權力

你的生命只夠為我燃燒一次

難怪我的淚光　探不出你的窗

在命定的軌道上　我已決定留在你飄渺的回眸裡

情
文

遺失的時空

沉睡的夜
枕著死寂的巷角

四散的雲朵
把苦苦的思念和滾燙的淚
一一逐封

薄弱的詞彙
向綿邈的幻境
散播著
這趟旅程中
說不出口的愛

每一個想念　都是被賦予的愛

時間不會腐蝕我們

習以為常的麻木和逃避　我倦了　卻無法停歇

因為　我編織了太多可能的夢想

情
文

思魂落魄

記憶的鐘聲
覆蓋如琉璃般
逝碎的海風

年輕的夢境
沉埋不住一字愛

四季失去
絕倫的光芒

幽秘的傷口
夜夜守候
不再驚醒的淚

就由你的夢中畫出　我們的萍水相逢

多少歲月　我一直在尋找　你無法隨行的身影

把將來的希望　留在　你不懂得收場的無奈裡

情
文

找尋

在光波潮湧的
億萬流星群裡
我寫下
最絕望的悲傷

　無止盡的流浪
　卻也苦尋不得
　你不容私闖的禁地

愛是另一種　　在黑暗中等待的遺憾　　無法解脫的命運
在落日的餘溫裡　　*MY DEAR* 謝謝你
為在風雪中寫給你的一封封信　　給予的小小回應

情
文

續寫

思念是重逢的
起點
旅途中的快樂
都成了倒影

曾許下的心願
已亦無所求

我繼續書寫
叫不醒的夢
從沒有未來的明天

MY DEAR

謝謝你給予的感動和　千山萬水裡的風霜

我心裡的位置　你全都容納

一個我們最愛的夢　就留在

漸漸發燙的思念裡

情
文

思魂

你暫時的離去

我的等待是
絕對虔誠的
望與痛

想給年輕一個承諾　我永恆的秘密
是我最美麗的偽裝　我想你會明白的
你的天邊　如夢的倒影

情
文

在夢土上

歸去的歲月
早瘦了

　如何夢駐
　靜靜伏在
　黑夜沉默底的波心

雖然只是一場流浪

心卻無法空了出來

迴旋的風

一遍又一遍

飄向你的足跡

情
文

回途

時間排出
一行虛線

　我飛散的魂魄
　流亡到你
　展開身姿的前世

MY DEAR

你給的翅膀是我最重要的力量

我明明是個無法獨自面對　隨時需要呵護的牽掛

我每天每天　留一些你的夢想　才會勇敢又堅強

不怕風吹雨打

情文

註定的故事

命運嚴苛地
拍打著
已散亂的羽翼

即使
宇宙的布幕上
沒有記載
我們的愛

我仍是
最靠近你
靈魂蕊心的凡人

你說沒有答案的答案是
最理性的決定
愛情不是共有的感受
就如音符的連接
不是共同創造的回憶

情
文

未了

冽風打在
宿願未了的相思

　我不惜千里趕來

　為的是
　今生要與你
　相伴的理由

每一步的離去

是因為我脆弱到無法面對你

MY DEAR 我仍要遠離

你輕輕關上 我等待的門

情文

距離

落葉是風雨
感傷的淚

天使消失了

四季正播放著
美麗與哀愁

我是你三言兩語　就能敘述完畢的故事

我們都需要永恆的洗禮　人生不過是場競技

在愛情的國度裡　我們不過也是過度的犧牲者

情
文

封鎖

我情感的疆域
已無限荒蕪

夜黑了

失落的街角
塞滿我沸騰的文字

MY DEAR

在我們認識的那一秒起　時光將停止前進

感謝你伴我一起渡過　漫長的每一個昨夜　每一分鐘

我們都在翻閱佈滿咒語的夢境

情文

夢得

命運的荒煙
縮成
迷路的問號

在感情弦上
無聲的淚
美麗了花開的一季

謝謝你讓我相信

我有用不完的夢　我流盡多少夢裡的淚

我所愛上的漂泊　不再為我牽絆停留

而你從不想沉醉於　那淺淺的一彎月

情
文

續命

流浪的鐘聲引來
蒼老的季節

　前世纏綣不滅的掛慮
　沿著愛情
　一盞盞點綴

　灰燼的思念
　停留在
　夢境的原點

想您的天空　美的晶瑩

我決定不了　瞬間串起的淚　從何方落下

愛本無意　我懂

你為何為我深情停留　又為何無情遠走

情
文

不間斷的路

激流的汪洋
比悲憫的夜
更荒野

失陷在
萬象中的旅程
更貼近
逆風飛翔的思緒

無痕的淚
為流浪的人
輕輕起身

窗外的景渾忘了
尋找答案的雨聲

準時的星光　閃耀在我們祈禱的夜空下

像我們彼此想念的一樣　把理想拋向　去去留留的糾結

願愛伴隨著永不離異的註定　連綿前進

情
文

夢

晴空下的
荒地

是愛情
萌芽成的心葉

在無度的
世間

是彩虹
善意的回報

MY DEAR

關於你的每一步　我總是想茫茫地去探索

你一定有帶不動的思念卻也沒有留下半個

不過謝謝你　在牽掛裡　塞滿了我的回憶

情文

情深

我是你
沒有證言的
遊戲人生

深奧在你
淚和夢之間
那份
深深的刺痛

就算要欺天瞞地
在渺渺的虛空中
無悔
也無怨

你離去我抵達　這是我們必然的命運

如同日落對月升的眷戀

還有什麼　能比親人般　更深情的愛

為著我們都避不開的理由　早被註定要相遇

情
文

相隔

歲月在
廢墟的年輪中
留下
來不及細描的故事

浩瀚的滅絕與誕生
在魂魄的夢土上
種下
遙遠的相隔

MY DEAR

若我能飛翔　是因為你給了我勇氣

若我有夢想　是因為你為我開啟一扇窗

讓時間自己去掙扎　我們彼此的明天

情文

灰白的季節

滲淚的記憶
在心的最底層
清醒著

　冒險在愛與夢
　蜿蜒的異途
　流浪已久

　我們包容
　遲歸的熱情

　我們接受
　枝椏落盡的年輪
　逐漸隱退

無怨是我一生交給了你

我們難承受的萬丈情關　無法遠離　冷冽的憂傷

未來不會有人　為了不斷付出去的代價　而指引

我們共同的方向

情
文

答案

一切的花開

都因為要

點亮我們

相連的世紀末

MY DEAR

關於生命　關於我們所不懂的語言

靜靜告別快樂的年輕　微笑和哭泣　都在魔法

師給的音節上

我繼續在你時間的夾縫裡　認真地旅行

情文

飛翔的幸福

整個宇宙的
一小部份

在夢的高空

或匿藏在
淚珠裡的波折

那是
飛翔的幸福

請別急忙收場　這不乾脆的結局

雖然有些遺憾　我會為你奔赴　充滿危險的每一步

每一分每一秒　我會為你掌握住　你冰凍的心

情
文

尾聲

微光在
時間的洪流
失去
把持的分寸

　落單的淚
　在宿命歷劫的
　輪轉中
　躲不過
　失足的愛情

在虛空與真實的世界裡　你是我最耀眼的相惜
你每一次的允諾　成了我每一次的不歸路
對我們而言　故事只有開始　卻始終沒有結束過

情文

每一個清晰的傷口
仍在通往
思念的漩渦裡
打轉

世界依舊
人們不太需要的方式
運轉

眼淚
只為刻劃出
命運的探險過程

死亡無法面對
配戴華麗假面具的真理

創痕累累的曙光
迢迢涉渡
已熱血流空的愛情

最後、抵達

情文

後記

感謝天與地　賜給我

歡樂多於悲傷的生命

淚　留不住的所有

讓心痛去承接

將虛無的夢想　貼在詩頁上

現實的塵土　趕不及一季

金黃的豐收

無法抗辯的宿命

在命運的轉角處　修補

愛情離軌的足跡

陳綺　2009

情文

國家圖書館出版品預行編目

情文 / 陳綺著. -- 一版. -- 臺北市：秀威資
訊科技，2009.11
　　　面；　　公分. -- (語言文學類；PG0272)
BOD版
ISBN 978-986-221-320-9 (平裝)

863.51　　　　　　　　　　　　98019121

 語言文學類　PG0272

情文

作　　　者 / 陳　綺
發　行　人 / 宋政坤
執 行 編 輯 / 林世玲
圖 文 排 版 / 蘇書蓉
封 面 設 計 / 陳佩蓉
數 位 轉 譯 / 徐真玉　沈裕閔
圖 書 銷 售 / 林怡君
法 律 顧 問 / 毛國樑　律師
出 版 印 製 / 秀威資訊科技股份有限公司
　　　　　　台北市內湖區瑞光路583巷25號1樓
　　　　　　電話：02-2657-9211　傳真：02-2657-9106
　　　　　　E-mail：service@showwe.com.tw
經　銷　商 / 紅螞蟻圖書有限公司
　　　　　　台北市內湖區舊宗路二段121巷28、32號4樓
　　　　　　電話：02-2795-3656　傳真：02-2795-4100
　　　　　　http://www.e-redant.com

2009 年 11 月　BOD 一版
定價：120 元

讀 者 回 函 卡

感謝您購買本書，為提升服務品質，煩請填寫以下問卷，收到您的寶貴意見後，我們會仔細收藏記錄並回贈紀念品，謝謝！

1.您購買的書名：_____

2.您從何得知本書的消息？

☐網路書店　☐部落格　☐資料庫搜尋　☐書訊　☐電子報　☐書店

☐平面媒體　☐ 朋友推薦　☐網站推薦　☐其他_____

3.您對本書的評價：(請填代號　1.非常滿意 2.滿意 3.尚可 4.再改進)

封面設計____　版面編排____　內容____　文/譯筆____　價格____

4.讀完書後您覺得：

☐很有收獲　☐有收獲　☐收獲不多　☐沒收獲

5.您會推薦本書給朋友嗎？

☐會　☐不會，為什麼？_____

6.其他寶貴的意見：_____

_____

_____

_____

讀者基本資料

姓名：_____　年齡：_____　性別：☐女 ☐男

聯絡電話：_____　E-mail：_____

地址：_____

學歷：☐高中(含)以下　☐高中　☐專科學校　☐大學

　　　☐研究所(含)以上 ☐其他_____

職業：☐製造業 ☐金融業 ☐資訊業 ☐軍警 ☐傳播業 ☐自由業

　　　☐服務業 ☐公務員 ☐教職　☐學生 ☐其他_____

To：114

台北市內湖區瑞光路 583 巷 25 號 1 樓

秀威資訊科技股份有限公司　　　收

寄件人姓名：

寄件人地址：□□□

（請沿線對摺寄回,謝謝!）

秀威與 BOD

BOD（Books On Demand）是數位出版的大趨勢，秀威資訊率先運用 POD 數位印刷設備來生產書籍，並提供作者全程數位出版服務，致使書籍產銷零庫存，知識傳承不絕版，目前已開闢以下書系：

一、BOD 學術著作—專業論述的閱讀延伸
二、BOD 個人著作—分享生命的心路歷程
三、BOD 旅遊著作—個人深度旅遊文學創作
四、BOD 大陸學者—大陸專業學者學術出版
五、POD 獨家經銷—數位產製的代發行書籍

BOD 秀威網路書店：www.showwe.com.tw
政府出版品網路書店：www.govbooks.com.tw

永不絕版的故事・自己寫・永不休止的音符・自己唱